Mon ami le **vent**

Texte de
Etta Kaner

Illustrations de
Marie Lafrance

Texte français de
Ann Lamontagne

Éditions
SCHOLASTIC

Qui aime le vent?

J'aime le vent parce qu'il
fait avancer mon bateau.

Je me demande pourquoi
le vent souffle.

J'aime le vent parce qu'il emporte
mon vœu au loin.

Je me demande ce qui
arrivera à mon vœu.

J'aime le vent parce qu'il me rafraîchit quand il fait chaud.

Je me demande comment
le vent peut me rafraîchir.

J'aime le vent parce qu'il dessine
des animaux avec les nuages.

Je me demande de quoi
c'est fait, un nuage.

J'aime le vent parce qu'il crée les dunes sur lesquelles je peux glisser.

Je me demande comment le vent peut élever une montagne de sable.

J'aime le vent parce qu'il fait voler
les bulles que poursuivent mes amis.

Je me demande pourquoi
les bulles éclatent.

J'aime le vent parce qu'il fait tourner mon virevent.

Je me demande
comment il peut
tourner.

J'aime le vent parce qu'il me
permet de jouer au cerf-volant.

Je me demande pourquoi
certains cerfs-volants ont
une queue.

J'aime le vent parce qu'il fait tourbillonner les feuilles sur le sol.

Je me demande pourquoi
les feuilles tombent des arbres.

J'aime le vent parce qu'il apporte l'odeur du pain frais jusqu'à moi.

Je me demande pourquoi
je peux sentir le pain.

J'aime le vent parce qu'il siffle autour de la maison.

Je me demande
pourquoi le vent siffle.

J'aime le vent parce qu'il m'aide à m'endormir.

Je me demande comment
les carillons éoliens
produisent de
la musique.

Et toi, pourquoi aimes-tu le vent?